AF322208

L'AVOCAT ET LE MÉDECIN,

COMÉDIE

EN UN ACTE, MÊLÉE DE VAUDEVILLES,

PAR MM. JOUSLIN DE LA SALLE,
PHILADELPHE-MAURICE ET CHAVRANCHE.

REPRÉSENTÉE POUR LA PREMIÈRE FOIS, A PARIS, SUR
LE THÉATRE DE LA PORTE SAINT-MARTIN, LE 7 JUILLET 1824.

PRIX : 1 FRANC.

PARIS,

CHEZ QUOY, LIBRAIRE,
ÉDITEUR DE PIÈCES DE THÉATRE,
Boulevard Saint-Martin, N°. 18 ;
ET CHEZ BARBA, LIBRAIRE, PALAIS-ROYAL.
1824.

————————————————

PERSONNAGES.	ACTEURS.
M. LAMARNIÈRE, propriétaire..	MM. Granger.
Eugène RICHEVILLE, jeune médecin....................	Pierson.
Ernest DORIGNY, jeune avocat..	Paul.
M. TROTTIN, sergent de ville....	Signol.
JULEPS, apothicaire...........	Moessard.
Mme GUILLAUME, aubergiste....	Mmes Florval.
FANCHETTE, servante........	Stéphanie.

————

La scène se passe dans une auberge d'Arpajon.

IMPRIMERIE DE HOCQUET,
Rue du Faubourg Montmartre, n. 4.

L'AVOCAT ET LE MÉDECIN,

COMÉDIE-VAUDEVILLE.

Le théâtre représente la salle commune des voyageurs; dans le fond, la porte d'entrée; à gauche, la chambre de mad. Guillaume ; à droite, un escalier qui conduit aux appartemens de l'auberge.

SCÈNE PREMIÈRE.

FANCHETTE.

On entend sonner cinq heures.

Cinq heures sonnent, et me v'là debout.... tous les jours c'est la même chose... dam', c'est comme ça qu'on amasse une dot...

Air : *A l'âge heureux de quatorze ans.*

D' mes soins qui sav't intéresser,
Chaque voyageur me donne un gage ;
J' suis active, j' veux amasser
Un' dot pour me mettre en ménage.
Dormir long-tems serait d' mon goût,
Mais sitôt que l'aurore brille,
J' m'éveille, il vaut mieux après tout
Se l'ver matin que d' rester fille.

SCÈNE II.

FANCHETTE, TROTTIN.

TROTTIN, *frappant à une fenêtre.*

Fanchette, Fanchette !

(4)

FANCHETTE.

J'entends M. Trottin ; il est aussi matinal que
moi. Il le faut bien , lui qui est chargé par état de demander les passeports et de vérifier les physionomies...
il n'y a personne.

TROTTIN.

Comment, pas un voyageur ?

FANCHETTE.

Ah ! si, j'oubliais... Nous avons un jeune homme arrivé depuis deux jours; mais vous pouvez être tranquille
sur son compte.

TROTTIN.

C'est bon , je vais revenir ; en attendant, tu remettras
ce billet doux à madame Guillaume.

FANCHETTE.

Encore des papiers de justice !... Ah çà ! vot' procès
avec ma maîtresse ne finira donc jamais ?

Air : *de la petite Sœur.*

Gn'y a qu' chanc' ; dit-on, au tribunal
Il faudrait arranger c't' affa're,
Madame Guillaum' n' s'expliqu' pas mal ;

TROTTIN.

C'est une bavarde, ma chère ,
    Qu'on fera taire !
Toute poursuite cessera,
Nous agirons à l'amiable
Quand la maîtresse cédera...

FANCHETTE.

Le procès est interminable.

TROTTIN , *s'éloignant.*

Nous verrons.

SCÈNE III.

ERNEST, FANCHETTE.

ERNEST, *en dehors.*

Fanchette ! Fanchette !

FANCHETTE.

V'là déjà le jeune homme qui est arrivé avant hier... comme c'est gai ces jeunes gens de Paris !

ERNEST.

Bon jour , mon enfant : n'est-il venu , hier , aucune lettre pour moi ?

FANCHETTE.

C'est donc bien pressé ce que vous attendez, pour vous réveiller si matin ?

ERNEST.

Je le crois parbleu bien !   (*On frappe.*)

FANCHETTE.

Etourdie que je suis ! j'ai oublié d'ouvrir la grande porte... c'est qu'il nous arrive sans doute quelque voyageur.

ERNEST.

Tu me serviras à déjeûner... tout de suite.

SCÈNE IV.

ERNEST.

Je crois que ma gaîté succombe , j'ai besoin de la retremper... Ah ! ma destinée est originale !.. La volonté de mon père m'appelle au barreau, je prends la robe et j'obtiens par diplôme le droit de dormir à l'audience , heureux si je ne m'étais pas réveillé de temps en temps !

Air : *Nouveau* (de Plantade,) ou air : *de Stanislas.* (Des Variétés.)

> J'ai su jouir de mes instants ,
> Et sage et fou par habitude ,
> Au plaisir j'ai donné le tems
> Que je dérobais à l'étude.
> Chaque cause d'éclat ,
> Au parquet me voyait paraître ;
> La robe et le rabat
> Cachaient le frac du petit maître ,
> Je commentais plus d'une fois
> Et les romans et les cinq codes !
> Souvent mon bulletin de lois
> Venait dans mon journal des modes.

Marchant d'un pas égal,
Empruntant une noble aisance ;
J'allais après un bal
Me reposer à l'audience,
En plaidant des lois j'omettais
Une citation servile ;
Et comme argument je citais
Des maximes de vaudeville.
J'avais établi
Pour discuter avec éloquence,
Chez Véfour, chez Véry,
Une salle de conférence.
Sur plus d'un dossier je laissais
Un billet doux pour nos actrices !
Quand, pour mes clients, je traçais
Maints plaidoyers dans les coulisses.
Et j'ai, changeant de ton,
Pris, suivant l'aventure,
Le manteau de Caton,
La coupe d'Epicure !

J'ai su jouir de mes instants,
Et sage et fou par habitude,
Au plaisir je donnais le tems
Que je dérobais à l'étude !

Et par suite d'une inégale compensation, une maudite lettre de change négligée est dégénérée en prise de corps. Je m'éloigne de Paris , je me dirige vers la maison paternelle. J'arrive à Arpajon, ma bourse se vide ; forcé de rester en chemin, j'écris à Eugène, mon meilleur ami, que je n'ai pu voir le jour de mon départ, et jusqu'à sa réponse qui me mettra dans la possibilité de passer outre, je m'établis à l'hôtel de l'Ecu... de l'Ecu !

Du destin qui fait tout , tel est l'arrêt bizarre !

SCÈNE V.

ERNEST , EUGÈNE.

EUGÈNE , *enveloppé d'un manteau qu'il jette sur une chaise.*

Enfin , je commence à respirer !

(7)

ERNEST.

Mais, je ne me trompe pas...

EUGÈNE.

C'est Ernest !

ERNEST.

C'est Eugène !

EUGÈNE.

Air : *Je reconnais ce militaire.* (Du soldat Laboureur.)

Au loin la prudence m'appèle,
Je fuis, il me rejoint soudain.
Honneur à l'amitié fidèle
Qui vient partager mon destin!
ERNEST.
Malgré la fortune sévère,
Enfin nous nous réunissons...
EUGÈNE.
Nous saurons la charmer, j'espère,
Aux gais refrains de nos chansons. (*bis.*)
ENSEMBLE.
Au loin la prudence, etc.

ERNEST.

Quel excellent ami !

EUGÈNE.

Que dirai-je de toi , Ernest ?

ERNEST.

Tu as fait une bien grande diligence.

EUGÈNE.

Autant que mes jambes ont pu me le permettre.

ERNEST.

Comment, tu es venu ?.. ah ! mon ami, c'est trop fort!

Air : *Vaud. du premier prix.*

Ce Pilade dont on admire
Le dévoûment si généreux ,
Courut la Tauride et l'Epire
Pour voir un ami malheureux.
Toi, qui me rejoins d'un pas leste,
Plus touchante est ton amitié ;
Car Pilade cherchant Oreste
Ne faisait pas la route à pié.

SCÈNE VI.

LES MÊMES, FANCHETTE.

FANCHETTE, *apportant le déjeûner.*
Monsieur, je vous sers à déjeûner.

ERNEST.
Deux couverts.... Allons, mettons-nous à table.

SCÈNE VII.

ERNEST, EUGÈNE, *à table.*

ERNEST.
Quel jour as-tu reçu ma lettre ?

EUGÈNE.
Comment! tu m'as fait une réponse ?

ERNEST.
Une réponse !... tu m'avais donc écrit ?

EUGÈNE.
Il me semble que tu ne serais pas ici sans cela.

ERNEST.
Et ta présence ne prouve-t-elle pas que tu as reçu mon épître ?

EUGÈNE.
Entendons-nous. Quand as-tu appris mon départ de Paris ?

ERNEST.
Ton départ ; mais je l'apprends en te voyant.

EUGÈNE.
Tu es donc parti sans motif ?

ERNEST.
Sans motif !.. La fatigue de la route t'aurait-elle fait oublier le but de ton voyage ?

EUGÈNE.
Ta tête.... Ne sais-tu pas qu'insulté grièvement il y a quelques jours, je tuai l'agresseur. Forcé de quitter Paris, à l'instant même, je me suis éloigné en abandonnant

mes malades aux soins de la nature. C'est ce que je t'an
nonçais en t'écrivant que je me rendais à Orléans, et en
te priant de m'envoyer ici de l'argent pour continuer
ma route.

ERNEST, *riant.*

Ah! délicieux! ravissant!... Eh bien! le jour où tu
m'écrivais de Paris, moi je t'écrivais aussi pour te préve-
nir que, grâce aux recors, j'avais abandonné la capitale
et m'étais dirigé de mon pied léger sur cette ville, où
j'attendais les secours de ta bourse.

EUGÈNE.

Ainsi, tu n'as pas le sou?

ERNEST.

Tu devines juste. Et toi?

EUGÈNE.

Même partage.

ERNEST.

Ah! ma parole d'honneur, l'aventure est originale...

(*il rit aux éclats.*)

EUGÈNE.

Que faire?

ERNEST.

Narguer la mauvaise fortune, pour lui donner l'envie
de s'en aller.

Air : *Je loge au quatrième étage.*

Rire est en cette circonstance
Notre devoir, je le soutien ;
On doit choisir, dans l'indigence,
Les plaisirs qui ne coûtent rien.
Jamais la pauvreté n'efface
Les traits de ma joyeuse humeur !
Comme le patin sur la glace,
Le chagrin glisse sur mon cœur.

EUGÈNE.

Encore si quelque accident rendait mes soins néces-
cessaires, si quelques petites maîtresses éprouvaient des
maux de nerfs...

ERNEST.

Ce n'est pas une maladie de province. Si plutôt quelque bon procès...

EUGÈNE.

La ville est sans tribunal.

ERNEST.

L'audience du juge-de-paix...

EUGÈNE.

C'est le seul aréopage où l'on ait reconnu l'inutilité des avocats.

ERNEST.

Crois-tu qu'il soit aussi facile d'expliquer une cause que de droguer un malade ?

EUGÈNE.

Pérorer à tort et à travers et surtout crier fort.

ERNEST.

Parler avec poids et mesure et le plus bas possible.

EUGÈNE.

Citer le Code à chaque instant.

ERNEST.

Hérisser ses phrases de grec et de latin.

EUGÈNE.

Enfin beaucoup d'audace, une voix de stentor , un bras infatigable , voilà ce qui donne une réputation au barreau.

ERNEST.

Ah ! Monsieur déclame contre la profession la plus honorable !

Air : *d'Aristippe.*

Il est sur terre un bienfaisant génie,
Qui du malheur sait défendre les droits ;
Sa voix repousse au loin la calomnie,
Lorsque son bras tient l'égide des lois.
Osant peser dans la même balance,
Les torts du pâtre et ceux du potentat;
Il brave tout pour sauver l'innocence,
Voilà, mon cher, oui, voilà l'avocat.

Prescrire des drogues dont l'effet est souvent nul, blâmer les ordonnances d'un confrère, laisser mourir vingt malades dont on ne parle pas, en sauver un qu'on fait connaître à tout le monde, voilà, mon ami, ce qui peut illustrer dans les rangs de la docte faculté.

EUGÈNE.

C'est trop fort... abaisser la science d'Hippocrate !

Même air.

> Pour alléger le poids de la souffrance,
> Vouer ses jours aux plus nobles travaux ;
> Veiller sur nous comme une providence,
> Et pour son art mépriser son repos.
> Quand la mort plane aux rives étrangères,
> Livrer son sang au plus subtil venin ;
> Et s'immoler pour instruire ses frères !
> Voilà, mon cher, voilà le médecin.

Je serais bien curieux de soumettre à ta tactique...

ERNEST.

Tes malades... je réponds de cinq cures sur trente, sauf les morts subites. Jamais docteur ne fit davantage... Moi, je voudrais te voir chargé...

EUGÈNE.

D'un plaidoyer ?.... je m'en tirerais tout comme un autre.

ERNEST.

A la première occasion... 25 louis sont au jeu, payables quand la fortune nous sourira. Puisque nous sommes à Arpajon, le premier Arpajonnais qui me tombe sous la main, fût-il pris par le rhumatisme ou la goutte, je le remets sur ses jambes.

EUGÈNE.

Le premier plaideur qui se présente, eût-il vingt jugemens contre lui, je le réintègre dans tous ses droits et je lui crée de nouvelles prétentions que je saurai soutenir... Mais en attendant que le hasard nous fournisse l'occasion de mettre notre gageure à exécution, je vais mander notre position à certaine parente qui me porte une vive amitié. Des plumes, du papier...

ERNEST.

Voici l'hôtesse ; viens dans ma chambre, nous trou-
verons tout ce qu'il te faut.

SCÈNE VIII.

Mme GUILLAUME.

Je ne sais où donner de la tête.... il faut être de fer
pour rester aubergiste. Il est vrai que la considération
dont jouit madame Guillaume est sa récompense... et
qu'elle la mérite.

Air : *des Blouses.*

A contenter les passans que j'héberge ,
Je mets chaqu' jour mon talent et mon soin ;
Pour se loger j' crois à pareille auberge ,
Sans me flatter , j' dis qu'il faut aller loin.
A ma tabl'-d'hôt' chaque jour je me pique ,
D'offrir c' que j'ai de plus cher et d' plus beau ;
Afin de mieux satisfair' la pratique ,
C'est mon vin vieux que j' vends pour du nouveau.
De servir mal , ah ! vraiment j'aurais honte ,
Les voyageurs sont comme mes enfans ;
Et dans sa chambr' , le soir celui qui monte ,
Trouv' du bois sec , et toujours des draps blancs.
Chaque ouvrier qui me sert est honnête ,
L' charron répare une voiture au mieux ;
Et pour un fer qu'il met au pied d'un' bête ,
Mon maréchal n' en fait pas payer deux.
Dans la cuisin' mes mains n' sont pas novices ,
Et quoique j' sache comme on travaille ailleurs ,
Je n'ai jamais prodigué les épices
Pour augmenter la soif des voyageurs.
De ceux qu' la faim à mon auberge amène ,
Je ne sais pas tromper le goût ni l'œil ;
Tous mes lapins sont pris dans la garenne ,
Et chez l' boucher je n' prends pas mon chevreuil.
Mes domestiqu's refusent le pour boire ,
Chaqu' fill' chez moi d'un baiser rougirait ;
Mes postillons, il faut l' voir pour le croire ,
Passent au galop devant un cabaret.

Enfin j'étends ma surveillance active,
Mêm' sur les bêt's et j' puis dir' pour certain
Que le cheval qui devient mon convive,
N'a jamais vu rogner son picotin.
 A contenter, etc.

J'entends un fouet ; me viendrait-il une chaise de poste ?... oui. Henri, tu auras le pour-boire promis. (*elle fait signe au postillon.*) La porte est étroite , prends garde ; n'entre pas dans la cour... l'entêté ! recule donc. (*on entend le bruit d'une voiture qui se brise.*) Le maladroit !... Fanchette , Louise, Jacques, vite au secours... Au secours !

SCÈNE IX.

Mme GUILLAUME , ERNEST , puis Monsieur LAMARNIÈRE , *appuyé sur* FANCHETTE.
ERNEST, *parlant à Eugène dans le corridor.*

Ton portefeuille est dans ton manteau ?... je vais le chercher.

Mme GUILLAUME, *allant à Lamarnière.*

Ah ! mon Dieu ! quel malheur !.... vite une chaise.... doucement... ces postillons sont d'un entêtement... prenez donc garde... bien... Monsieur se trouve-t-il mieux ?

LAMARNIÈRE.

Je n'ai été que froissé.

 Air : *On dit que je suis sans malice.*

Visitez avant tout ma chaise,
Car le choc a dû la briser.
 Mme GUILLAUME.
A tout en mêm' tems n' vous déplaise,
Madam' Guillaum' sait aviser ;
L' méd'cin guérira votre blessure,
L' charron répar'ra vot' voiture,
Et vous pourrez demain matin
Tous deux vous remettre en chemin.

La secousse a été terrible , j'étais à la fenêtre.... Fanchette, il faut aller éveiller M. Descourts ; il n'est qu'of-

ficier de santé; mais s'il n'est pas docteur, c'est faute
d'argent pour payer ss pancarte.

FANCHETTE.

Madame, vous savez ben qu'il est absent.

LAMARNIÈRE.

Sa présence m'est inutile.

Mme GUILLAUME.

Inutile, Monsieur ! Je vous laisserais après uue telle
chute sans soins et sans secours... que dirait-on de madame Guillaume, la mère des voyageurs ? Il vous faut
un médecin.

ERNEST, *à part.*

Un médecin... bonne occasion...et d'autant meilleure,
que le malade ne souffre pas. (*haut.*) Si mes soins pou-
vaient être nécessaires?

Mme GUILLAUME.

Quoi ! vous êtes médecin, et vous vous taisez. Mais
dépêchez-vous donc, évitez un malheur que je redoute
autant pour Monsieur, qui me paraît un galant homme,
que pour la renommée de mon auberge. Voyons, parlez,
que faut-il faire ?

Air : *Courant d' la brune à la blonde.*

Qu'ordonnez-vous à mon zèle?
Dites, monsieur le docteur :
Par quelle boisson nouvelle
Calmerons-nous la douleur?
Faut-.l que j'envoi' Baptis'
Chercher des adoucissans?
Si la liqueur est propice,
J'ai du cent huit ans.
Hélas !
Le bras
N'est-il pas
Fracassé,
Ou cassé ?
Serait-il
En péril ?
Un bon bain
Serait sain,
J'ai de l'eau
Sur l'fourneau

J'ai du thé
D'qualité,
Un bouillon
Est-il bon ?
Je suis là
Pour tout ça ;
Décidez,
Commandez,
Je suis à vot' service.

J'ai d'excellent vulnéraire suisse, c'est du véritable, il est composé par l'apothicaire du pays.

LAMARNIÈRE.

A propos d'apothicaire, vous me faites penser que je...

ERNEST, *à part.*

Diable, diable! connaîtrait-il celui d'ici... je n'ai pas envie de me trouver vis-à-vis d'un homme qui puisse s'apeicevoir... (*à Lamarnière en lui tâtant le poul.*) Nous verrons l'apothicaire plus tard; veuillez bien ne pas parler. Madame Guillaume, allez chercher votre vulnéraire (*à part.*) ça ne pourra pas lui faire de mal.

Mme GUILLAUME, *à Lamarnière.*

Air : *du Vaudeville des Boxeurs.*
Ne parlez pas, je vous prie,
LAMARINIÈRE.
Elle est folle sur l'honneur.
Mme GUILLAUME, *à part.*
Ah! monsieur, je vous confie
La santé du voyageur.
ERNEST.
Je vous réponds de sa vie.
Mme GUILLAUME.
Ah! quel habile docteur!

J'espère
Et demain
Vous serez tiré d'affaire;
Monsieur, pour certain,
Vous êtes en bonne main.
ERNEST.
Ensemble.
J'espère
Et demain
Il sera tiré d'affaire.

A part.

Je vais donc enfin
Exercer en médecin.
Mad Guillaume sort avec Fanchette.

SCÈNE X.

LAMARNIÈRE, ERNEST.

LAMARNIÈRE.

Peste de la bavarde... Monsieur, je vous remercie
de vos soins, mais ils ne serviraient à rien.

ERNEST, *à part.*

Diable, ce n'est pas mon affaire, et le voyageur a une
trop bonne physionomie pour ne pas le faire servir au
gain de la gageure (*haut.*) Mes soins ne serviraient à
rien.... eh monsieur, ils sont toujours indispensables...
la santé est si fragile... il faut si peu de chose pour dé-
truire l'harmonie de l'existence.

Air : *de Préville et Taconnet.*

D'Hippocrate soyez convive,
Ne méprisez jamais son art ;
On doit dès qu'au monde on arrive
Redouter un prochain départ.
Ah ! d'une parque protectrice,
Peut-on compter sur les fuseaux ! (*bis.*)
Quand notre fil se rompt par un caprice
Et qu'une femme hélas tient les ciseaux !

(*Il lui tâte le pouls.*) J'ai cru remarquer de l'agi-
tation.

LAMARNIÈRE.

Je le crois bien, ils m'ont tellement harcelé.

ERNEST.

Voyons.... donnez-moi le bras, essayons de marcher.

LAMARNIÈRE.

Je n'ai aucune contusion , je vous assure.

ERNEST.

C'est peut être tant pis.... les bras, vous les agitez ?

LAMARNIÈRE.

Avec aisance.

ERNEST.

Mauvais signe... latête se tourne sans douleur ?

LAMARNIÈRE.

Oui.

ERNEST.

Diable, diable! j'ai vu des retours dangereux.

LAMARNIÈRE.

Que voulez-vous dire ?

ERNEST.

Il y a six mois, un officier supérieur fit une chûte de cheval, aucune douleur ne s'en suivit, aucune fracture dans les os, aucune lésion dans les nerfs, aucun dérangement dans les organes.

LAMARNIÈRE.

Eh bien ?

ERNEST.

Au bout de huit jours, malaise général.

LAMARNIÈRE.

Bah !

ERNEST.

Abattement.

LAMARNIÈRE.

Aie !

ERNEST.

Paralysie.

LAMARNIÈRE.

Est-il possible?

ERNEST.

Agonie et trépas.

LAMARNIÈRE.

Ah ! mon Dieu, il parait qu'il ne faut pas plaisanter avec les chûtes.

ERNEST.

Elle sont dangereuses, surtout dans les grandes chaleur.

L'Avocat.   3

LAMARNIÈRE.

Nous sommes précisément dans la canicule... monsieur le docteur, il me semble que mes jambes faiblissent.

Air : *De la petite Corisandre.*

Du pouls la marche est lente !

ERNEST.

Je devine cela !

LAMARNIÈRE.

Ma tête est très - brûlante.

ERNEST.

Elle réfroidira

LAMARNIÈRE.

Approchez cette chaise
Car je me sens faiblir,

ERNEST.

Mettez-vous à votre aise.

LAMARNIÈRE.

Je vais m'évanouir.

ERNEST.

Je ris de l'aventure,
Je crois que sa figure
Devient pâle, et j'assure,
Que la peur est un mal !
Et je suis docteur, un docteur sans égal.

Ensemble.

LAMARNIÈRE.

Cher docteur, ma figure
Devient pâle, je jure,
Votre soin me rassure ;
Ah ! prenez le mal,
Mais je sens un frisson, un frisson général.

SCÈNE XI.

Mme GUILLAUME, LAMARNIÈRE, ERNEST, FANCHETTE.

Mme GUILLAUME.

Eh bien, eh bien ! monsieur se trouve mal... vîte, vîte respirez.

ERNEST.

Il faut du repos à monsieur.

Mme GUILLAUME.

Si les sang-sues étaient nécessaires, ne les épargnons pas... il y en a dans le ruisseau du jardin.... peut-être que la saignée..

LAMARNIERE.

Mais cette femme a donc juré ma mort.

ERNEST.

Ne nous pressons pas tant. Il faut conduire monsieur à son appartement, quelques momens de repos.... et surtout tenu bien chaudement.

Mme GUILLAUME.

Fanchette, conduisez monsieur au numéro cinq. (*à Ernest.*) La chambre donne au midi. (*A la cantonnade.*) Montez les trois couvertures de laine que j'ai achetées hier, elles pèsent plus de vingt livres. (*Elle prend le manteau d'Eugène qui est resté sur une chaise et le met sur les épaules de Lamarnière.*)

LAMARNIERE.

Ouf! je n'en puis plus..

ERNEST.

La transpiration est nécessaire.

Mme GUILLAUME.

Allons, monsieur, donnez-moi le bras; Madelon, montez la bassinoire..

LAMARNIERE.

Mais la chaleur est excessive.

Mme GUILLAUME.

Montez la bassinoire.. (*à Lamarnière.*) Ma maison est connue, les accidens y sont rares, vous n'êtes que le troisième malade de l'année; les deux premiers étaient des commis-voyageurs, et s'ils sont morts, ce n'a pas été faute de soins... allons, allons, appuyez-vous... Dieu! que je serais malheureuse, si un pareil événement arrivait encore.

LAMARNIERE.

Je vous prie de croire, Madame, que je le redoute pour le moins autant que vous. (*Ils sortent.*)

SCÈNE XII.

ERNEST.

J'ai employé le grand principe...frapper l'imagination, le hasard me sert à merveille, ce voyageur un peu simple se croit réellement malade, et l'aubergiste agit par zèle comme si elle était dans la confidence.

SCÈNE XIII.

EUGENE, ERNEST.

EUGÈNE.

Eh bien ! que fais-tu donc, et mon portefeuille ?

ERNEST.

Le voici... tu viens fort à propos, tu vas me prêter ta signature.... tiens, voilà du papier.

EUGÈNE.

Que veux-tu dire ?

ERNEST.

Je te conterai cela... signe-moi une ordonnance de ces potions ou liqueurs qu'on administre indistinctement à tout le monde, telles que sirop, lock, orgeat, limonade.

EUGÈNE.

Serais-tu déjà appellé en consultation.

ERNEST.

Tu le sauras, écris toujours, mais en médecin du bon ton, si on peut en lire un seul mot je n'en veux pas... c'est cela... très-bien.

SCÈNE XIV.

ERNEST, FANCHETTE, EUGENE.

ERNEST.

Fanchette, porte cette ordonnance chez l'apothicaire.

FANCHETTE.

Oui, monsieur, croyez-vous qu'il y ait du danger ?

ERNEST.

Je ne puis rien dire encore !

SCÈNE XV.

ERNEST, EUGENE.

EUGÈNE,

Par quel hasard ?

ERNEST.

Tu sauras tout lorsqu'il en sera tems, et c'est de la bouche de mon malade que tu entendras mon éloge.... et ta lettre ?

EUGÈNE.

La voici.

ERNEST.

Je connais la ville mieux que toi.. je vais à la poste. Au revoir, confrère... (*fausse sortie*) l'épitre est-elle bien tendre, bien sentimentale ?

EUGÈNE.

Impossible d'y résister...

Air : des Noces de Figaro.

Berçons-nous d'une douce espérance,
Bravons gaîment notre indigence ;
Je réponds que mon éloquence
De ce pas saura nous tirer.

ERNEST.
Sur ton talent je me repose,
En plaidant dans ta propre cause ;
Tu gagneras, car je suppose
Que ton client doit t'inspirer.

EUGENE.
Berçons-nous, etc.

ERNEST.
Ensemble. Berçons-nous, etc.
Bravons, etc.
Il répond que son éloquence,
De ce pas, etc.

SCÈNE XVI.

EUGENE, Mme GUILLAUME.

EUGÈNE.

Ma lettre doit électriser la bonne tante.

Mme GUILLAUME, à *part*.

L'accident arrivé à ce voyageur a bouleversé mes sens et pour me remettre, cette petite étourdie de Fanchette m'apporte à l'instant même une nouvelle assignation de monsieur Trottin ; le maudit homme avec ses procès,

et pour comble de malheur mon avocat est parti ce matin
pour Paris où il va achever ses études.

EUGÈNE.

Notre charmante hôtesse fait, je crois, une revue générale de ses billet, doux.

Mme GUILLAUME.

Plût au ciel!

EUGÈNE, *à part.*

Du papier timbré! il serait plaisant! (*à madame
Guillaume.*) Auriez-vous quelque chose à démêler avec
la justice?

Mme GUILLAUME.

Hélas! ne m'en parlez pas?

EUGÈNE, *à part.*

Excellente occasion! (*haut.*) Madame Guillaume
plaide avec un voisin entêté?

Mme GUILLAUME.

Oh! le plus entêté de toute la ville, avec monsieur
Trottin qui, pour mon malheur, est lié avec le greffier
du juge-de-paix, depuis quinze mois on me remet de
huitaine en huitaine.

EUGÈNE.

Madame Guillaume, vous me paraissez une brave
femme.

Mme GUILLAUME.

Vous me faites honneur.

EUGÈNE.

Et je ne quitterai pas votre auberge sans vous donner
une preuve de l'intérêt que vous m'inspirez.

Mme GUILLAUME.

Comment, monsieur!

EUGÈNE, *sur le devant de la scène, de manière d'être
entendu de madame Guillaume.*

Cette pauvre madame Guillaume, vraiment il est des
instans où l'on est heureux d'exercer une profession aussi
belle que la mienne. Quel doux plaisir pour un avocat
de défendre l'opprimé, de...

Mme GUILLAUME.

Comment, vous seriez avocat?

EUGÈNE, *vivement.*

Pour vous servir, puisque l'occasion s'en présente.

Mme GUILLAUME.

Croyez, monsieur, que vous n'aurez pas affaire à une ingrate et vous saurez ce que vaut la reconnaissance de madame Guillaume.

EUGÈNE.

Fi donc, madame Guillaume!

Air : *Vaud de Fille et Garçon.*

Je n'accepte pour récompense
Que le seul plaisir d'obliger ;
J'aime à défendre l'innocence,
Et je saurai vous protéger.
Au tribunal dans chaque affaire,
Je me montre avocat actif ;
Sans mettre le code à l'enchère,
Et mon éloquence au tarif.

Surtout pas de remerciements, madame Guillaume. Vous avez des titres?.

Mme GUILLAUME.

Voilà précisément la difficulté. Feu M. Guillaume avait prêté à feue madame Trottin, une somme de cent livres que je réclame comme héritière de mon mari. M. Trottin ne veut pas me payer, il dit que feu mon mari à donné et non prêté les cent livres à madame Trottin, à cela j'oppose la vertu du défunt et son peu de goût pour les cadeaux, et la preuve c'est que pendant quinze ans de ménage, il ne m'a jamais donné à moi, son épouse légitime, que deux aunes de drap, encore était-ce pour lui faire une redingotte.

EUGÈNE.

Affaire excellente! il est impossible que monsieur Guillaume ait détourné une pareille somme de la communauté pour la mettre dans la bourse d'une autre quand la vôtre serait restée vide... ce moyen est sans réplique.

Mme GUILLAUME.

Monsieur Trottin affirme avoir entendu dire à monsieur Guillaume que c'était un présent et non un prêt.

EUGÈNE.

Nous l'attaquerons en calomnie.

Mme GUILLAUME.

Oui, mais les preuves.

EUGÈNE.

Les avocats célèbres ne s'occupent plus de ces baga-
telles, ils se contentent de dire nous prouverons et un
moment après nous avons prouvé.

Mme GUILLAUME, *à part.*

Quel prodige! ces avocats de Paris ont un talent!
(*haut.*) et vous croyez...

EUGÈNE.

Votre cause à moitié gagnée... Ah! monsieur Trottin,
vous tentez de frustrer la veuve et de spolier... (*à ma-
madame Guillame.*) Avez-vous des enfans madame
Guillaume?

Mme GUILLAUME.

Hélas! j'en avais un.

EUGÈNE

N'importe, et de spolier l'orphelin... quelle éloquence
je vais déployer. (*Imitant le ton et les gestes des avocats.*) Cette affaire, messieurs, est plus importante qu'on
ne le pense; elle se rattache à des intérêts qui s'étendent
extraordinairement loin... Je prie le tribunal, c'est-à-dire
monsieur le juge de paix, d'ouvrir les yeux sur cette
discussion importante.... la loi est pour nous... la dispo-
sition est précise... et le législateur... (*ton naturel.*) Ah!
ah! nous verrons, nous verrons... Vous allez me remettre vos papiers.

Air : Du pas des trois Cousines.

Oui, monsieur Trottin verra comme
Aux adversaires je réponds;
Dans peu je veux qu'on me surnomme
Le Démosthène d'Arpajon.

Mme GUILLAUME.

L'affaire prend une bonne tournure,
Je susi certaine du succès.

EUGENE.

Votre avocat je vous le jure,
N'a jamais perdus de procès.

Oui, monsieur Trottin, etc.

Mme GUILLAUME.

Ensemble. Oui, monsieur Trottin verra comme
Un savant avocat répond ;
Jamais un semblable jeune homme,
Ne passa je crois par Arpajon.

Elle sort.

SCÈNE XVII.

JULEPS, FANCHETTE.

JULEPS, *portant des fioles.*

La tournée d'aujourd'hui sera lucrative... Fanchette,
pose ces fioles sur la table et prends garde d'arracher les
étiquettes, car les quiproquos d'apothicaires ne sont pas
toujours plaisans.

FANCHETTE.

Vous le savez bien, vous, M. Juleps, vous rappelez-
vous l'année dernière.

Air :

L' palfrenier et la jument blanche
Tombèrent malad' tous les deux ;
Vot' garçon venait le dimanche,
Leur porter de secours généreux.
Mais par un' méprise singulière,
Un beau jour je ne sais comment ;
Not' jument prit la potion Pierre,
Et Pierre eut cell' d' la jument.

JULEPS.

C'est depuis ce temps-là que je porte moi-même mes
fioles. (*à part.*) Un autre motif m'amène aujourd'hui
ici. J'ai lu sur l'ordonnance que je viens de recevoir.
Eugène Richeville D. M. P., ce qui signifie en langage
pharmaceutique, docteur, médecin, Paris. J'ai tout lieu
de penser que c'est le neveu de mon vieil ami Richeville,
l se rend chez son oncle. A son insu, nous avons formé

le projet de le marier avec ma fille... le jeune homme ne
me connait même pas... je suis curieux de le voir pour
ainsi dire incognito... Dis donc, Fanchette, quel âge
peut avoir le docteur ?

FANCHETTE.

Dam, je n'sais pas moi, mais c'est un petit brun, ben
gentil et gai comme pinson.

JULEPS.

C'est bien le signalement que m'en a donné Richeville.

FANCHETTE, *s'en allant.*

Tenez, le v'là.

JULEPS.

Ne nous trahissons pas.

SCÈNE XVIII.

ERNEST, JULEPS.

ERNEST, *à part.*

L'état de mon malade est très-satisfaisant.

JULEPS.

Son malade, c'est lui, monsieur, j'ai l'honneur de
parler à monsieur le docteur Richeville.

ERNEST, *à part.*

C'est l'apothicaire, jouons notre rôle.

JULEPS, *à part.*

C'est tout le portrait de son oncle, sondons un peu sa
capacité. (*Haut.*) Monsieur, enchanté de faire votre
connaissance... voici la potion calmante.

ERNEST.

Tout est bien pesé.

JULEPS.

Avec scrupule. Le désir de causer un moment avec un
médecin de la capitale m'a fait prendre la liberté de
venir sans façon...

ERNEST.

Comment donc, mais nous sommes presque confrères.

JULEPS.

C'est vrai.

Air : *Quand Dieu pour créer la terre.*

Mon art est soumis au vôtre,
Le vôtre dépend du mien ;
Désunis il ne sont rien,
Las ! il ne font aucun bien
S'ils agissent l'un sans l'autre.
Ah ! sans nous que feriez-vous ?
Ah ! sans vous que ferions-nous ?
Oui, grâce à l'apothicaire,
Vous sauvez le genre humain ;
Oui, vous le tirez d'affaire,
Mais nous y mettons la main.

Mais depuis quelques années, vous ne nous traitez pas en bons frères, Messieurs les médecins... grâce à vos nouveaux systèmes, le meilleur apothicaire ne peut plus vendre par mois que deux ou trois grosses de sangsues à trois sous par tête..

ERNEST.

Nous avons fait faire des progrès à la science.

JULEPS.

A la science de ruiner les apothicaires, maintenant pour vivre de son état, il faut avoir un bon patrimoine.

ERNEST.

Nous avons banni mille fléaux de la médecine.

JULEPS.

Oui, c'est pour cela que la mortalité augmente tous les jours.

ERNEST.

Des épigrammes.

JULEPS.

Mille fléaux !.... l'élixir de propriété, la teinture royale du Codex, la dissolution des pierres précieuses, les pilules d'or et d'argent, les yeux d'écrevisses, et le baume du commandeur, toutes substances qu'on ne détaillait pas à moins d'un écu de six livres, au comptant et sans remise, nommer cela des fléaux. Ah ! si un confrère éloquent voulait venger notre corps, quelle belle philippique il pourrait enfanter sur la grandeur et la décadence de l'apothicairerie.

ERNEST.

Pour faire suite aux œuvres de Démosthène ou de Montesquieu.

JULEPS.

Riez, riez, monsieur le docteur, vous ne pensez pas aux conséquences de votre méthode, vous ne réfléchissez pas que réduire l'apothicairerie, c'est presque anéantir en France le goût des voyages.

ERNEST.

Je ne m'attendais pas à la chute.

JULEPS.

Air : *Des devoirs de la Chevalerie*

Bravant pour nous les caprices de l'onde,
Les matelots à l'art servant d'appui,
Couraient jadis aux quatre coins du monde ;
Hélas ! au port ils dorment aujourd'hui.
On ne va plus chercher en caravanne
De l'Indien le bienfaisant sagou ;
Et grâce à vous plus d'un Jean-Bart en panne,
Jette à la mer son baume du Pérou.

Dans cet heureux temps, il n'y avait pas dans la nature une seule feuille, je dirais même une seule pierre qui ne prissent place dans une potion... ne croyez vous pas encore avoir fait un chef-d'œuvre en changeant le dictionnaire chimique.

ERNEST.

C'est un des titres que nous avons acquis à la reconnaissance de la postérité.

JULEPS.

On ne s'y reconnaît plus. Ils ont tout bouleversé... Pour faire cette réforme, on aurait dû attendre la mort des vieux apothicaires. Ils ont créé des mots dans lesquels on emploie au moins trois fois toutes les lettres de l'alphabet. Enfin, je n'y comprends plus rien.

ERNEST, *riant.*

Il y en a bien d'autres.

JULEPS.

Ils ont débaptisé les choses les plus simples... l'eau, par exemple, eh bien, il n'y a plus d'eau.

ERNEST.

C'est vrai, il n'y a plus d'eau, pas une goutte d'eau chez les chimistes.

JULEPS.

Ils nomment cela maintenant de l'oxi... de l'oxi... aidez moi donc, docteur, de l'oxi...

ERNEST, *à part.*

Diable! je ne suis pas initié à la nomenclature.

JULEPS.

Eh bien... (*Riant.*) il ne peut pas le trouver... il l'a oublié... Ah! vous y êtes, docteur, avec vos mots en forme de logogriphes... c'est de l'oxide, c'est ça... de l'oxide d'oxigène.

ERNEST, *se remettant.*

Oui, oui... certainement, de l'oxide d'oxigène.

JULEPS.

Non, non... je me trompe, c'est de l'oxide d'hydrogène... ha! ah! vous êtes encore en défaut... et le sel de cuisine, il faut cinq minutes, la montre en main, pour prononcer son nouveau nom. Enfin, cette manie s'est emparée de tout le monde, et mon neveu que j'ai envoyé en apprentissage chez un dentiste, m'écrivait dernièrement qu'il suivait un cours d'odontosotechnie, je ne saurais pas encore ce qu'il a voulu me dire, s'il n'avait eu soin de m'expliquer que c'est l'art de perfectionner les mâchoires et d'arracher les dents... Ah, ah! vous ne le connaissiez peut-être pas encore celui-là.

ERNEST, *à part.*

Ne nous laissons pas bloquer. (*Haut.*) Eh! mon Dieu! Monsieur, ne sait-on pas que dans toutes les innovations, comme dans toutes les mutations et les permutations, il s'élève des contradictions, et des gens qui, par leurs déclamations, réclamations et divagations... (*A part.*) Je ne sais pas trop ce que je dis, mais le principal, c'est de parler... (*Haut.*) Enfin, Monsieur, le gaz hydrogène a eu des ennemis.

JULEPS.

Dam !

ERNEST.

Peut-être êtes-vous aussi de la coalition.

JULEPS.

Moi je suis neutre...pourvu que le tuyau ne passe pas chez moi.

ERNEST, *s'enflammant.*

Et quelle substance au monde mérite plus d'être adoptée... quel corps plus essentiellement nécessaire, je ne dis pas à chacun en particulier, mais à la masse générale.

JULEPS, *ravi.*

Ah ! comme il raisonne !

ERNEST.

Echauffons-nous... Eh ! Monsieur, savez-vous ce que c'est que le gaz hydrogène.

JULEPS.

Parbleu ! je serais enchanté de le savoir.

ERNEST.

Eh bien ! ce gaz hydrogène est une substance.

JULEPS.

C'est-à-dire, c'est un fluide.

ERNEST, *avec volubilité.*

Comme vous le voudrez... c'est un fluide étonnant, utile, indispensable, qui prête à l'humanité un secours qui tient du prodige ; grâce à lui, nous braverons les éclipses, les marchands de bougie peuvent se retirer du commerce sans nous plonger dans l'obscurité. Cette essence, ce corps procure une lumière vive, pure, transparente, économique, qui dispense de l'achat quotidien et dispendieux de ce liquide qu'on livrait naguère à la combustion... Voilà, monsieur, ce que c'est que le gaz hydrogène.

JULEPS.

Comme il discute avec talent.

ERNEST.

Et nous en verrons bien d'autre quand il sera perfectionné.

Air : *du Vaud. des Scythes.*

Oui, de ce gaz qu'on admire à la ronde,
On a long-tems redouté les vapeurs ;
Mais les savants dont notre France abonde,
Par leurs travaux ont calmé nos frayeurs.
Et près du ciel par un coup de fortune,
Si l'on peut mettre un chimique appareil ;
Bientôt le gaz éclipsera la lune,
Et pour la nuit nous aurons un soleil.

On ne saurait trop vanter cet ingénieux procédé.

JULEPS.

Eh ! mon dieu, ne vous échauffez pas.

ERNEST.

C'est que je suis zélé partisan des nouvelles inventions quand elles tendent au bien de l'humanité ; et je pourrais encore vous prouver...

JULEPS, *à part.*

C'est un puits de science... Eh bien! je suis d'accord sur tout ce que vous voudrez... Jeune homme, je suis physionomiste, vous vous illustrerez dans l'art de guérir.

ERNEST, *à part.*

J'en accepte l'augure.

JULEPS.

Et j'en suis tellement persuadé, que je veux faire avec vous une plus ample connaissance... vous ne partez pas aujourd'hui, votre malade réclame encore vos soins... vous viendrez dîner avec moi, sans façon.

ERNEST.

Monsieur...

JULEPS.

Qui sait, nous serons peut-être bientôt liés plus étroitement ensemble. Ma fille est jolie ; votre cœur est peut-être libre... ma fortune qui s'est faite dans le bon temps de l'apothicairerie, n'est pas à dédaigner. Nous verrons... je vais porter mes potions, et je viendrai vous prendre. Nous trinquerons avec un nouvel élixir de Garus que j'ai perfectionné, et j'ai le pressentiment qu'au dessert nous ferons les fiançailles. (*A part.*) Ce cher Richeville! est-il étonné... Ah! ah! ah! (*Il sort.*)

SCÈNE XIX.

TROTTIN, ERNEST.

ERNEST.

Le plaisant original... il est homme à venir me chercher. Au fait, si son vin est bon, sa fille jolie, sa rencontre
ne sera pasle plus triste chapitre de mon voyage.

TROTTIN, *en entrant.*

Ah ! madame Guillaume, vous appelez à votre secours
des avocats de Paris... eh bien ! nous verr 3, le défen-
seur est un voyageur logé dans cette auberge, je saurai
le découvrir. Je cesse pour un moment d'être partie
adverse, et je deviens le sergent de ville, garde-cham-
pêtre de la commune, ayant le droit de demander les
passe-ports.

ERNEST, *l'apercevant.*

Quelle est cette caricature ?

TROTTIN.

Première observation... Monsieur, je vous demande
bien pardon si je vous dérange, mais le devoir avant
tout. Exhibez-moi vos papiers.

ERNEST.

Les voici.

TROTTIN, *lisant.*

Laissez circuler M. Esnest Dorigny, avocat, venant
de Paris. (*A part.*) Je tiens mon homme. Maintenant,
Monsieur, que je sais votre nom, il me suffira de vous
communiquer le mien pour être tous deux en parfaite
connaissance... je suis Trottin...

ERNEST.

Plaît il ?

TROTTIN.

Je me nomme Claude Trottin. (*A part.*) Il n'a pas
l'air d'avoir entendu parler de moi... Je suis votre antagoniste...

ERNEST.

Mon antagoniste ?

TROTTIN.

Je sais tout... Mme Guillaume n'est pas assez maligne.

ERNEST.

Mme Guillaume !

TROTTIN.

Vous avez peut-être oublié le nom de votre cliente....
ne feignez donc plus.

ERNEST.

Je veux que le diable m'emporte si je comprends un
mot.

TROTTIN.

Allons, monsieur l'avocat, tâchons de terminer l'affaire sans plaider, on peut s'entendre.

ERNEST.

Ah! vous avez un procès ?

TROTTIN.

Faites semblant de l'ignorer. Je ne vous adresse plus
qu'une question : quel est le total de la somme que vous
réclamez, exigez-vous le capital, les intérêts, les frais
seront-ils partagés ?

ERNEST.

Allez au diable !

TROTTIN.

Air : *Pas de noir, d'étroit séjour.*

Vous le prenez sur ce ton ,
Moi je vous le dis sans façon,
   Que vos bras
   Aux débats
Ne se fatigueront pas.
Portez ailleurs vot' discours ;
Je rendrai nul vot' secours ;
Nous saurons aujourd'hui
Nous arranger sans appui.
En vain l'on m'assiège,
Je n' donn' pas dans l' piège
   De votre art ;
   Je ris, car
Trottin est un vieux renard !
  Gardez-moi rancune ,
  Mais votre fortune

Ne va pas, j'en répond,
S'augmenter dans Arpajon ;
Madam' Guillaum', avant c'soir,
De ma main va recevoir
Les écus qui sont dus,
Et les intérêts en sus ;
Or, vous voyez donc ainsi,
Monsieur, que je puis ici,
Tuer avec
Mon air sec ,
Votre éloquence en échec.

Oui, toute réflexion faite , Mme Guillaume aura son argent, et je cours de ce pas la chercher la somme.., Ah ! monsieur l'avocat, il vous en cuira de faire le discret.

ERNEST.

Allez au diable ! mais j'aperçois mon malade... Comment donc, il a l'air d'être de la connaissance du futur beau-père... n'importe, l'apothicaire n'est pas fort ; continuons à jouer notre rôle.

SCÈNE XX.

LAMARNIÈRE, JULEPS, ERNEST.

ERNEST.

Posez le pied bien à plat, raidissez les jambes... c'est cela... encore une cure.

LAMARNIÈRE.

Je me trouve beaucoup mieux, et l'arrivée de mon vieille ami Juleps : car il y a quarante ans que nous nous connaissons.

JULEPS, *à Ernest.*

Je le grondais de n'être pas descendu chez moi.

LAMARNIÈRE.

Que veux-tu, je cours la poste pour arranger une mauvaise affaire que mon étourdi de neveu s'est attirée.

JULEPS, *à Ernest.*

Jeune homme, nous faisons donc des nôtres... (*à Lamarnière.*) Il se corrigera.

LAMARNIÈRE.

Monsieur est membre de ces sociétés savantes où l'on ne fait que manger et boire.

> Air : *De sommeiller encor' ma chère.*
> Des gourmets adoptant le culte,
> Il sait à leur goût s'allier ;
> Sur le dîner on le consulte,
> Comme le parfait cuisinier ;
> A cette habitude fertile
> Aucun soin ne peut l'arracher,
> Monsieur se croit sans domicile
> Quand le traiteur va se coucher.

JULEPS, *à Ernest qui rit.*

Gaillard, vous aimez les bons morceaux.

ERNEST, *à part.*

Que veut-il dire ?

LAMARNIÈRE.

Il est devenu tapageur, il met l'épée à la main...

JULEPS.

Tu peux lui pardonner. Je t'assure que c'est un brave garçon et d'une instruction rare...

LAMARNIÈRE.

Tu l'as donc vu ?

JULEPS, *montrant Ernest.*

Dam ! il me semble que le docteur n'est pas invisible. (*A Ernest.*) Il est plaisant, votre oncle.

ERNEST.

Mon oncle... je n'en ai jamais vu.

JULEPS,

Allons, v'là l'autre à présent.

LAMARNIÈRE.

Monsieur le docteur, mon ami Juleps a peut-être fait une chûte.

JULEPS, *étonné.*

Monsieur le docteur, je n'y comprends plus rien....
Allons, Lamarnière est fou...

SCÈNE XXI.

LES PRÉCÉDENS, EUGÈNE, Mme GUILLAUME, TROTTIN.

EUGÈNE, *entrant en disputant avec Trottin.*

Eh ! monsieur, je ne comprends pas...

TROTTIN.

Non, monsieur, je ne veux pas plaider... *(appelant.)* Madame Guillaume! madame Guillaume !

Mme GUILLAUME.

Que signifie tout ce train-là.

EUGENE.

Que vois-je ? mon oncle ?

ERNEST.

Son oncle! le tour est délicieux !

EUGÈNE.

J'ai lieu de craindre, et...

TROTTIN.

Il ne faut pas que j'oublie mes intérêts. Tenez, madame Guillaume, voilà la somme que je vous dois.... et si je vous la rends sans plaider, c'est grâce à ma conscience et à votre avocat.

Mme GUILLAUME, *à Eugène.*

Monsieur l'avocat, quelle reconnaissance !

JULEPS.

Monsieur l'avocat... comment, il est donc cumulard ?

LAMARNIÈRE.

Il y a dans tout ceci quelque chose que je ne puis débrouiller.

EUGENE.

Moi, je comprends la moitié de l'aventure.

ERNEST.

Je pourrais, je crois, expliquer l'autre,

EUGENE.

Nous nous engageons tous les deux à satisfaire votre curiosité... Madame Guillaume, si je n'ai pas gagné votre procès, c'est qu'il a été terminé avant l'audience.

Mme GUILLAUME.

Je croyais...

ERNEST, à *Lamarnière*.

Monsieur voudra bien recevoir mes excuses; travesti en médecin, je me suis permis...

LAMARNIÈRE.

Comment! je n'étais pas malade... Eh bien! tant mieux, je ne craindrai pas une rechûte...

EUGÈNE.

Mon oncle, comment se fait-il que vous soyez ici?

LAMARNIÈRE.

Tu le sauras, apprends seulement que tu n'as plus rien à craindre, et pour t'arracher à de nouvelles folies, mon ami Juleps veut bien te donner sa charmante fille que tu aimeras, j'en suis sûr, dès que tu l'auras vue.

JULEPS.

Comment, c'est monsieur qui est ton neveu ... est-il possible que moi, Juleps, le premier physionomiste d'Arpajon.. touchez-là, mon gendre, (*Montrant Ernest*) monsieur cependant a des traits..

EUGÈNE.

Ce ne sont pas ceux de la parenté ; c'est mon meilleur ami.

ERNEST.

Tu n'oublieras pas ma lettre de change.

TROTTIN.

Ah çà, mais, si on m'expliquait...

JULEPS.

Qu'il vous suffise de savoir, Trottin, que vous avez été comme tant d'autres, le jouet d'un quiproquo.

TROTTIN.

Voilà qui est plus clair.

CHOEUR.

Air : *des Epaulettes.*

Oui, cette terre en méprise féconde,
Voit les humains se tromper tous entr'eux ;
L'hymen, l'amour, la fortune à la ronde,
Font ici-bas des quiproquos nombreux.

Air : *de Tourterelle.*

Messieurs, l'auteur est en souffrance,
Et c'est à vous qu'il a recours ;
Mon art cède à votre science.
Contre la peur portez-lui des secours.

ERNEST

Entre vos mains je remets sa défense ;
Ah ! puissiez-vous terminant ce débat,
Pour mon client montrer de l'indulgence,
Et renvoyer hors de cour l'avocat.

F I N.